네가 멍멍이로 보여!

큰글자책 1쇄 발행 2023년 11월 30일

도서명 [큰글자책] 네가 멍멍이로 보여!
지은이 : 김현태
그린이 : 송혜선
펴낸이 : 김숙분
편집 · 디자인 : 김은혜 김바라
펴낸곳 : (주)도서출판 가문비
주소 : (06654)서울시 서초구 서운로 19, 1711 호(서초동, 서초월드오피스텔)
전화 : 02)587-4244~5
팩스 : 02)587-4246
전자우편 : gamoonbee21@naver.com
블로그 : blog.naver.com/gamoonbee21/

공급 및 판매처
제작 : 부건애드
주문 : 한국출판협동조합 kbook.biz 플랫폼
전화 : 070-7119-1791, 070-7119-1789
팩스 : 02-716-6769

ISBN 978-89-6902-645-3 43810
정가 20,000 원
* 본 도서는 한국출판협동조합(kbook.biz)을 통해서만 구입이 가능합니다.

큰글자책

작가의 말

겨울이 지나면 다시 봄 아지랑이가 피어오르고

낮이 지나면 밤이 오고

봄꽃이 지면 여름과 가을이 오고

낙엽이 떨어지면 곧 겨울이 찾아옵니다.

모든 것들은 한곳에 머물러 있지 않고

어디론가 계속해서 흘러갑니다.

만남 역시 마찬가지입니다. 누군가와 인연이 되어 그가 나의 소중함으로 다가올 때가 있지요. 같이 놀고 산책하고 맛난 걸 먹으며 하루하루 행복과 기쁨으로 채워나갑니다. 하지만 영원할 것만 같았던 그런 시간도 언젠가는 아쉬운 작별로 찾아오죠. 다시 말해서 만남이 있으면 이별도 있다는 겁니다.

어느 날, 문득 뜻하지 않는 이별이 찾아온다면 여러분의 마음이 어떨까요?

　마음 한 곳이 텅 빈 것처럼 허전하여 하염없이 눈물이 날 겁니다. 그 슬픔이 쉽게 진정되지 않고 몇 날 며칠 꽤 오래가겠지요. 주변 사람들이 내 슬픔을 알아채지 못하거나 혹은 그냥 대수롭지 않게 받아들인다면 그것 또한 서운하고 상처가 될 겁니다. 그럴 때 내 허전한 마음을 채워 줄 친구가 있다면 얼마나 좋을까요. 기대고 싶을 때 살포시 곁으로 다가와 기꺼이 나무가 되어주는 친구. 여러분 곁에 그런 친구가 있다면 분명 슬픔은 금세 회복되어 살아갈 힘이 생기고 다시 웃는 날이 올 겁니다.

　이 동화는 반려동물과 이별한 주인공이 겪게 되는 상실감과 그 슬픔을 극복하기 위해 노력하는 이야기를 아주 유쾌하고 재미있게 풀어냈습니다. 아울러 늘 나의 편이 되어주는 친구들의 아름다운 우정 이야기도 함께 담았습니다.

　혹시나 어떤 이별로 인해 상실감을 안고 살아가는 이가 있다면 이 동화를 통해 조금이나마 위로받았으면 합니다. 밤이 지나면 아침이 밝아오듯, 겨울이 지나면 다시 봄 아지랑이가 피어오른다는 사실도 잊지 마시고요.

　자, 그럼! 상상 초월 재미 백배 동화 속으로 함께 떠나 볼까요.

김현태

차례

1. 눈물이 모자라 미안해

어제 비가 와서 그런지 하늘이 맑고 깨끗했다.

학교 수업이 끝나자 아이들이 참새처럼 재잘거리며 교문 밖으로 빠져나갔다. 그러나 철주네 반 아이들은 대부분 학교에 남았다. 요즘 철주네 반은 농구에 푹 빠져 있었다.

드디어 운동장에서 농구 놀이가 시작되었다.

철주가 앞으로 재빨리 뛰어가며 친구들에게 소리쳤다.

"야! 나한테 패스해! 어서!"

"싫어. 내가 넣을 거야!"

“패스하라니까!”

“이번에는 내 차례야.”

친구 하나가 철주에게 패스하지 않고 슛을 던졌다.

슈우웅, 농구공이 포물선을 그리면서 농구대로 날아갔다. 하지만 공은 골대 위에서 통통 두 번 튕기다가 바닥으로 떨어져 버렸다.

철주는 입꼬리를 올리며 투덜거렸다.

“어이구! 나한테 패스하라니까. 그랬으면 넣었잖아?”

“야, 사람이 살다 보면 실수할 때도 있지.”

친구가 대들었다.

“넌 실수를 밥 먹듯이 하냐?”

“여기서 밥 얘기가 왜 나와? 밥 얘기하니까 배고프네.”

그러자 친구들이 말했다.

“그만하고 떡볶이나 먹으러 가자.”

그러나 철주는 쳐다보지도 않고 바닥에 공을 탁탁 튕기며 말했다.

“그래, 가라.”

"같이 안 갈래?"

"안 간다."

"정말 안 가?"

"그래, 안 가!"

친구들은 철주를 두고 떡볶이를 먹으러 간다면서 우르르 돌아섰다.

철주는 혼자 남아서 계속 숫을 던졌다.

"오늘따라 왜 이렇게 안 들어가는 거야."

농구는 역시 여럿이 해야 재미가 있다.

"나도 떡볶이 좋아하는데……. 그만 가야겠다."

철주는 농구공을 그물주머니에 넣고 교문 쪽으로 걸어갔다. 그런데 나무 옆 벤치에 유치원 때부터 친구인 채서가 쓸쓸하게 앉아 있었다.

"어? 채서잖아?"

채서를 알아본 순간, 철주의 얼굴이 붉어졌다.

"야, 좀 가만히 있어. 왜 이렇게 뛰고 난리야."

철주는 쿵쿵 뛰는 가슴을 손으로 지그시 누르면서 중얼거렸다.

긴 숨을 몇 번 내쉬고 나니, 조금 진정이 되었다.

철주는 채서에게 조심조심 다가갔다.

"임채서, 거기서 뭐 해?"

채서는 아무런 대답도 하지 않았다.

"거기서 뭐 하는 거야?"

다시 물어도 여전히 대답을 안 했다.

채서는 갑자기 호주머니에서 인공눈물을 꺼냈다. 그러더니 눈
에 한 방울 떨어뜨렸다.

"채서야, 눈 아파?"

채서는 대꾸하지 않고 한 방울씩 계속 넣다가 남은 인공눈물을
눈에 부어 버렸다.

"야! 너 지금 뭐 하는 거야?"

철주가 놀라서 큰 소리로 말하자 채서가 그제야 돌아보았다.

"뭘?"

"네 눈이 물먹는 하마냐? 왜 그렇게 인공눈물을 많이 넣어?"

"신경 끄고 네 갈 길이나 가."

"인공눈물은 한 방울이면 충분해. 그렇게 붓는 사람이 어디 있냐?"

"네가 무슨 상관이니까? 갈 길이나 가라고!"

"가고 싶어도 갈 수가 있어야지!"

채서는 인공눈물을 주머니에서 또 꺼냈다. 그러고는 뚜껑을 열더니 또다시 눈에 넣기 시작했다.

"야! 임채서, 그만해. 그러다 눈 버려."

그러자 채서가 울음 섞인 목소리로 소리쳤다.

"눈물 좀 흘리게 그냥 내버려 두란 말이야!"

철주는 당황한 얼굴을 하며 조그맣게 말했다.

"……알았어."

그때 진경이가 운동장을 가로질러 가다가 철주와 채서를 보더니 뛰어왔다. 진경이 역시 철주와 유치원 때부터 친구였다 그래서 친구들은 철주와 채서, 진경이를 삼총사라고 불렀다.

"어? 채서가 우네. 철주, 너!"

"왜?"

"네가 채서 울렸어?"

"무슨 소리야? 채서가 인공눈물을 넣은 거라고!"

철주는 눈을 껌벅거리더니 고개를 내저었다.

"뭐야, 그림이 딱 나오네. 너, 그렇게 안 봤는데? 하여간 남자들
은 다 못됐어!"

"야, 유진경! 그게 아니라니까!"

진경이는 철주의 말은 들으려고도 하지 않고 채서에게 다가갔다.

"채서야, 가자. 저 오징어처럼 생긴 애는 피하는 게 좋아."

철주는 코뿔소처럼 콧바람을 흥흥 내뿜으며 진경이에게 대들
었다.

"뭐, 오징어? 너 말 다했어? 그리고 내가 울린 게 아니
란 말이야! 인공눈물……."

"그만둬! 어서 가자. 채서야."

진경이는 채서를 부축해서 일으켰다. 그러고는 이내

함께 자리를 떴다.

철주는 어이가 없어서 그 자리에 우두커니 서서 눈만 껌벅거렸다.

진경이와 채서는 떡볶이 가게 앞에서 멈췄다.

"채서야, 내가 떡볶이 사 줄까? 울적할 때는 매운 것이 최고야."

"아니, 먹기 싫어."

"떡볶이 귀신이 떡볶이를 거부하네. 우리, 3단계 매운맛으로 먹자. 응?"

"미안. 오늘은 그냥 갈래."

"알았어. 그런데 철주가 왜 너를 울린 거야?"

"……."

"오징어 같은 놈! 감히 내 친구 채서를 울려? 내가 용서하지 않겠다. 채서야, 내가 혼내 줄 테니 걱정하지 마."

"진경아, 그런 거 아냐."

"뭐가 그런 거 아냐?"

"철주가 울린 게 아니라고."

진경이는 눈을 동그랗게 뜨며 되물었다.

"그러면 왜 울었어?"

그때였다.

"멍멍."

분식점 밖에서 강아지 짖는 소리가 들렸다. 갑자기 채서가 소리 나는 쪽으로 고개를 돌리더니, 발을 동동 구르며 외쳤다.

"딸기다, 딸기야……."

채서는 벌떡 일어나더니 밖으로 뛰어나갔다.

"채서야, 어디 가?"

진경이는 얼른 일어나 채서를 뒤따라갔다.

채서는 거친 숨을 몰아쉬더니 강아지와 산책하고 있는 아주머니에게 달려갔다. 그러더니 강아지를 끌어안았다.

"딸기야, 언니야. 내가 널 얼마나 찾았는데……."

아주머니가 깜짝 놀라며 말했다.

"뭐야! 우리 깡통 이리 줘!

"우리 딸기예요!"

"무슨 소리야! 깡통이라니까. 이 애가 미쳤나?"

아주머니가 강아지를 빼앗으려고 하자, 채서가 완강히 거부했다.

"너 미쳤니? 우리 깡통 이리 줘!"

아주머니가 실랑이 끝에 강아지를 빼앗았다.

"내 딸기란 말이에요. 어서 줘요."

"얘가 정말 왜 이래!"

채서가 다시 빼앗으려고 하자, 아주머니가 등을 돌리며 강아지를 꼭 껴안았다.

옆에서 지켜보던 진경이가 고개를 숙이며 아주머니에게 대신 사과했다.

"아주머니, 죄송해요. 친구가 착각했나 봐요. 채서야, 왜 그래? 내가 봐도 딸기가 아닌데……."

"참 별일이네."

아주머니는 쯧쯧 혀를 차더니 재빠르게 걸어갔다.

채서는 그만 철퍼덕 땅바닥에 주저앉았다.

진경이가 채서 눈치를 보며 옆에 살며시 앉았다. 그러고는 조심스럽게 말을 건넸다.

"채서야, 괜찮아?"

"……."

"아까 그 강아지, 딸기 아니잖아? 딱 봐도 아닌데……."

채서 눈에서 닭똥 같은 눈물이 뚝뚝 떨어졌다.

"딸기야……."

"아까 철주가 울린 게 아니라, 딸기 때문에 그랬던 거구나."

"딸기를 얼마나 아끼고 사랑했는데……."

"그건 내가 알지."

"하늘나라로 보낼 때 눈물이 나오지 않는 거야. 그래서 너무나
미안했어."

"아, 딸기가 하늘나라로 갔구나? 몰랐네……."

진경이는 채서를 따뜻하게 안아 주었다.

"너무 슬퍼하지 마. 딸기는 좋은 곳으로 갔을 거야."

"아니야! 딸기는 죽지 않았어."

"하늘나라로 갔다면서?"

"아니야! 분명 딸기는 살아 있어. 분명 어디서 나를 기다리고
있을 거야."

"너, 안 되겠다. 뭐라도 좀 마시자. 내가 사 줄게. 너 4반 '이경
우'라고 아니? 지난달에 전학 왔는데, 걔네 아빠가 삼거리에서
카페 하셔. 가자."

"몰라."

"어서 일어나. 엄마랑 같이 가 봤는데 맛있더라. 가자, 어서."

진경이는 채서를 일으켜 세웠다. 채서는 고개를 푹 숙인 채 말
없이 진경을 뒤따라갔다.

카페 앞에 경우가 서 있는 것을 보고 진경이가 반갑게 손을 흔
들며 불렀다.

"경우야, 이경우!"

"어? 진경아. 어쩐 일이야?"

"어쩐 일이긴? 맛있는 음료수 마시러 왔지. 참, 내 친구 임채서
야. 나랑 같은 반이야."

경우는 살짝 미소 지으며 채서에게 인사를 건넸다.

"안녕, 난 이경우야. 반가워."

채서는 여전히 우울한지 고개를 푹 숙인 채 가만히 있었다.

진경이가 채서의 옆구리를 툭툭 건드리며 말했다.

"야, 임채서. 경우가 인사하잖아. 인사 안 받을 거야?"

"어⋯⋯. 안녕."

채서는 인사를 하는 둥 마는 둥 했다. 그런데 그때, 채서의 눈에 무언가가 강렬하게 들어왔다. 그것은 경우 손목에 채워져 있는 색실로 엮은 끈팔찌였다.

채서가 눈을 휘둥그렇게 뜨며 중얼거렸다.

"딸기다. 딸기야⋯⋯."

채서는 다가가서 두 손으로 경우의 얼굴을 감쌌다.

채서의 갑작스러운 행동에 경우가 뒤로 물러서며 당황해했다.

"⋯⋯왜⋯⋯왜⋯⋯왜 이래⋯⋯."

채서는 경우를 꽉 끌어안았다. 진경이가 당황해하며 말했다.

"채서야, 뭐 하는 거야? 갑자기 왜 그래?"

채서가 활짝 미소를 지으며 나지막이 말했다.

"틀림없이 딸기야. 아, 이 끈팔찌······."

채서가 경우의 손목을 어루만졌다.

"딸기가 내 앞에 있어. 딸기가 이렇게 살아 있어서 내가 눈물이 나지 않았던 거야."

채서는 예전에 딸기의 목에 끈팔찌를 걸어 주었다. 그런데 경우가 그것과 똑같은 모양의 끈팔찌를 손목에 차고 있었던 것이다.

채서는 경우를 더욱 강하게 껴안았다. 다시는 놓치지 않겠다는 각오로 아주 꽉!

경우는 눈만 껌벅거릴 뿐 어떻게 해야 할지 몰라 중얼거리듯 말을 내뱉었다.

"······왜······왜······왜 그래······. 도대체 딸기가 뭐야?"

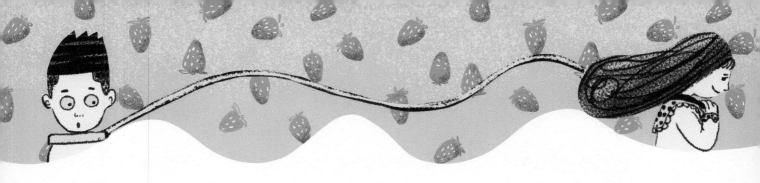

2. 세상에 이런 경우가 있나!

채서가 몸을 떼더니 이번에는 경우의 머리를 다정스럽게 쓰다 듬었다.

"우리 딸기! 아이, 귀여워."

채서는 경우의 턱도 살살 만졌다.

"우리 딸기, 우쭈쭈!"

'도대체 이게 무슨 상황이지?'

진경이는 어이가 없었다.

"너, 지금 뭐 하니? 나한테 왜 그러는 거야."

경우가 엉덩이를 뒤로 쭉 빼면서 황당하다는 듯 채서에게 말했다. 진경이가 민망한 듯 거들었다.

"채서야, 경우에게 왜 그러는 거야?"

채서는 아랑곳하지 않지 않고, 환하게 미소를 지으며 다시 말했다.

"아이, 귀여운 것! 딸기야. 언니야, 언니."

경우와 진경이는 한숨을 내쉬며 어쩔 줄 몰라 했다.

철주가 집으로 가다가 채서와 윤경이를 발견하고 달려왔다.

철주는 채서가 하는 행동을 보더니 고개를 갸웃거렸다.

"야, 이게 무슨 상황이냐? 딸기는 뭐고, 언니는 뭐야?"

진경이가 짧은 한숨을 내쉬더니 대답했다.

"나도 모르겠다. 별들에게나 물어봐라."

철주가 한숨을 내쉬더니 말했다.

"오늘 채서가 좀 이상하다니까."

"그래. 철주, 네 말이 맞다. 채서가 엄청 이상하다."

진경이는 여전히 경우 얼굴을 만지고 있는 채서를 보며 고개를 흔들었다.

경우는 도저히 못 참겠다는 듯 채서를 밀쳐내며 소리쳤다.

"야! 이제 그만 좀 해! 장난 그만해!"

하지만 채서는 다시 경우에게 다가가 딱 달라붙으며 떨어지지 않으려고 했다. 진경이와 철주가 채서를 경우에게서 억지로 떼어 내며 말했다.

"채서야, 이건 아닌 것 같다. 그만하자."

"쟤는 딸기가 아니야. 경우야, 이경우."

"딸기란 말이야!"

채서가 또 달려들려고 하자, 경우는 도망가듯 카페 안으로 들어가 버렸다.

잠시 뒤에 진경이와 철주, 채서도 카페로 들어갔다.

카페 안은 손님이 별로 없어 한산했다.

주방 쪽에 있던 경우 아빠가 반갑게 맞이했다.

"진경이구나."

"네. 아저씨. 안녕하세요. 친구들이랑 같이 왔어요."

"그래, 다들 경우랑 같은 학년이니?"

"네."

진경이가 대표로 대답했다. 경우 아빠가 빈자리 쪽을 가리키며 말했다.

"어서 앉으렴."

진경이가 자리에 앉으며 채서에게 말했다.

"채서야, 여기 바닐라 라테 맛있어. 그거 먹어."

"알았어."

그러자 철주가 입을 쭉 내밀며 진경에게 말했다.

"나는? 나는 안 사 주는 거냐?"

진경이는 잠시 고민하다가 고개를 끄덕였다.

"그래, 알았다. 너도 골라."

"오, 예스. 난 딸기 주스!"

그러자 진경이가 철주의 머리를 쥐어박으며 말했다.

"넌 왜 이렇게 눈치가 없냐? 채서가 지금 딸기 때문에 힘들어하는데, 이 상황에서 꼭 그걸 먹어야겠냐?"

"난 딸기 주스가 좋은데……."

"어휴……. 그래, 알아서 해라."

주방에서 경우 아빠가 경우에게 말했다.

"내가 바닐라 라테 만들 테니까, 딸기 좀 믹서에 넣어라."

"네."

경우는 딸기를 깨끗하게 씻은 후, 믹서에 넣었다. 믹서가 요란스럽게 돌아갔다. 딸기 알레르기가 있는 경우는 갑자기 재채기가 나왔다.

"에취. 에취."

경우의 재채기 소리가 채서의 귓가에 닿았다.

"어? 철주 너, 머리 좀 치워 봐. 안 보이잖아."

채서가 손을 뻗어 맞은편에 앉아 있는 철주의 머리를 한쪽으로 밀었다.

"갑자기 또 왜 그래?"

진경이가 놀라서 채서에게 물었다.

"너희도 재채기 소리 들었지? 딸기의 재채기 소리."

"딸기가 아니라 경우가 재채기한 거잖아."

진경이가 어이없다는 듯 말했다.

"아니야. 딸기야! 이제 정말로 확실해졌어!"

"뭐가 확실해졌다는 거야?"

"딸기가 왜 딸기인 줄 아니? 딸기 알레르기가 있어서 딸기야.
그런데 저기 봐. 딸기 주스를 만드니까 재채기를 하잖아. 정말
로 확실해. 저 애는 딸기야. 딸기가 분명해!"

철주는 짧은 한숨을 내쉬며 말했다.

"도대체 뭐라는 거니?"

진경이도 포기한 듯 대답했다.

"나도 모르겠다, 이제⋯⋯."

철주가 안타까운 눈빛으로 채서를 보며 말했다.

"진정해라, 채서야. 너, 완전 맛 갔어. 개라니? 경

우는 사람이야."

"아니야. 저 애는 딸기야. 내 딸기란 말

이야."

"어휴⋯⋯. 세상에 이런 경우가 있나!

쯧쯧쯧."

경우가 다그치자 채서는 단호한 말투로 대답했다.

"왜냐고? 내가 너의 언니니까!"

"헉! 무슨 소리야?"

"내가 너의 '주인'이니까!"

채서가 '주인'이라는 말을 강조했다.

"말 같지 않은 소리 그만해."

"넌 사랑하는 딸기니까!"

"내가 딸기라고? 내가 강아지란 말이야? 어이가 없네. 장난 그
만하자."

"장난은 네가 하고 있잖아. 이제 진실을 밝혀!"

"진실? 도대체 무슨 소리를 하는 거야?"

채서가 일어나서 목줄을 보이며 말했다.

"이리 와. 딸기야. 목줄 하자. 어서."

경우의 입이 쩍 벌어졌다. 정말로 개 취급하다니! 세상에 이럴 수가! 경우는 뒤로 물러났다.

"와, 정말 미치겠네."

채서는 경우에게 더 가까이 다가갔다.

"딸기야, 도망가지 마. 언니야. 언니라니까. 그 사이에 언니 얼굴 잊어버린 거야? 어서 목줄 하자. 어서."

채서는 목줄을 경우의 목에 걸려고 시도했다.

그러자 경우는 채서를 세게 밀어 버렸다. 채서는 또 엉덩방아를 찧고 말았다.

"야! 임채서, 그만해! 참는 데도 한계가 있어!"

"아, 아파."

채서는 촉촉한 눈망울로 경우를 올려다봤다. 경우는 머리를 긁적거리며 속으로 생각했다.

'내가 너무 세게 밀었나? 아니야, 이건 정당방위야. 나를 개 취급하는데 이 정도는 해 줘야지. 그래, 더 세게 넘어져도 돼!'

채서는 일어날 생각은 하지 않고 계속해서 경우를 바라보았다.

마치 눈빛으로 경우에게 이렇게 말하는 것 같았다.

"너를 만나 내 심장이 깨질 것 같아. 그러니 제발 나를 좀 살살

다뤄 주겠니?"

3. 하마터면 멍멍, 짖을 뻔했다

이 동네 떡볶이 가게는 대박집인 게 분명하다.

이미 떡볶이를 사려는 사람들이 길게 줄을 서 있었다.

철주도 꽤 오랜 시간 줄을 서서 기다렸다.

"왜 이렇게 줄이 줄지 않는 거야."

철주의 얼굴엔 짜증이 가득했다. 그냥 떡볶이 안 사고 돌아갈까 했지만, 여태 기다린 시간이 아까워서 그냥 있기로 했다.

시간이 더디게 흘러갔다. 20분을 더 기다리고 나니, 그제야 철주의 차례가 되었다.

"아주머니, 떡볶이 3인분 주세요."

"그래."

"오래 기다렸으니까 많이 주세요."

"알았다. 특별히 튀김 3개 서비스로 줄게."

"네. 감사합니다."

포장한 떡볶이를 들고 철주는 룰루랄라 기분 좋게 채서 집으로 향했다.

채서는 이마에 차가운 수건을 올려놓은 채 누워 있었다. 그 옆엔 진경이가 앉아 있었다.

철주가 채서 집에 도착해 방 안으로 들어왔을 때, 진경이가 짜증 내듯 말했다.

"왜 이렇게 늦게 와? 중간에 딴짓했지?"

"무슨 소리야. 여태 줄 서서 기다렸어."

"거짓말."

"아니라니까. 어휴, 도대체 넌 왜 그렇게 사람에 대한 믿음이 없냐?"

"알았어. 그만하고 어서 떡볶이나 줘."

진경이는 철주가 사 온 떡볶이를 이쑤시개로 찍어서 채서에게 내밀었다.

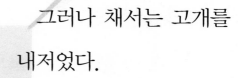

"채서야, 일어나 봐. 이거 먹으면 분명 괜찮아질 거야."

그러나 채서는 고개를 내저었다.

"먹기 싫어."

"어떻게 하려고 그래? 어서 먹어. 그래야 기운이 나지."

진경이가 떡볶이를 들고 재촉했다.

"……."

채서는 눈을 감아 버렸다. 그러자 철주가 눈치 없이 신난다는 표정으로 말했다.

"그럼 내가 먹을까?"

진경이는 철주에게 꿀밤을 날리고는, 이윽고 끌고서 밖으로 나왔다.

"왜 그렇게 눈치가 없냐? 제발 좀 정신 좀 차려."

"내가 뭘?"

"참, 뭘 잘못한 줄도 모르네……. 그건 그렇고, 우리가 채서를 살려야 해."

"어떻게 살려?"

"개를 만들자."

"뭘 만든다고?"

"걔를 개로 만들자고."

"도대체 무슨 소리를 하는 거야?"

"경우 말이야. 경우를 개로 만들자고. 경우에게 개가 되어 달라고 부탁하는 거야."

"너까지 머리가 어떻게 됐냐? 지금 그걸 말이라고 해?"

철주가 황당한 표정을 지었다.

"그 방법밖에 없어. 채서 머릿속엔 이미 경우가 딸기라고 뿌리

박혀 있어. 그 생각은 쉽게 사라지지 않아."

"이게 또 무슨 경우야."

"말이 안 되는지 모르지만, 채서를 위해서야. 우린 어릴 때부터 함께해 온 삼총사잖아?"

쇠뿔도 단김에 빼라는 말도 있듯, 진경이와 철주는 곧바로 경우에게 찾아갔다.

진경이는 단도직입적으로 경우에게 개가 되어 달라고 말했다.

경우가 헛웃음을 지었다.

"지금 그걸 말이라고 하니?"

"사람 하나 살린다고 생각해."

철주가 사정했다.

"말 같지 않은 소리 하지 마. 너희까지 미쳤냐?"

"미친 게 아니라, 지금은 그 방법밖에 없어. 제발 부탁이야. 넌 살면서 힘든 적 한 번도 없었냐? 이 타이밍만 잘 넘기면 채서는 곧 회복될 거야."

진경이가 경우에게 사정하고 나서 이번에는 철주를 툭툭 쳤다.

"철주야, 뭐 해? 어서 경우에게 무릎 꿇어. 채서를 위해서 무릎 꿇고 부탁하란 말이야."

철주는 정말 무릎이라도 꿇어야 하는지 잠시 고민에 빠졌다. 그러다가 뭔가를 결심한 듯 주먹을 불끈 쥐었다.

"그래, 채서를 위한 일이라면 뭔들 못하겠나?"

철주는 경우 앞에 무릎을 꿇었다.

"경우야, 사나이 대 사나이로 부탁한다. 채서를 위해 개가 되어 줘."

46

"저쪽에 있습니다."

채서는 육포가 진열된 곳으로 갔다. 경우는 졸졸 채서 뒤를 따라갔다.

진열대에 놓인 육포 하나를 채서가 집어 들자, 옆에 있던 경우가 침을 꼴깍 삼켰다.

채서가 경우를 힐끔 보며 언니답게 말했다.

"딸기야, 침 흘리지 말고 기다려. 계산부터 해야지."

경우는 눈을 빠르게 깜빡거리며 멍하니 서 있었다.

애견용품점을 나온 채서가 육포 하나를 경우에게 건넸다.

"딸기야, 특별 간식이야. 자, 먹어."

"지금 이걸 나보고 먹으라고? 어이가 없네."

"딸기야, 왜 그래. 네가 가장 좋아하는 거잖아. 일부러 생각해서 산 건데. 너, 정말 이럴 거야? 이 언니, 슬프게 만들 거야?"

경우는 마음이 아주 복잡해졌다.

'이걸 받아먹어야 하나? 아니면, 거부해야 하나?'

그때, 진경이가 했던 말이 떠올랐다.

'사람 한 명 살린다고 생각해.'

경우는 육포를 받아 천천히 입안에 넣었다. 채서가 독촉하듯 말

했다.

"꼭꼭 씹어. 딸기야."

경우는 얼굴을 잔뜩 찌푸린 채 육포를 씹기 시작했다.

'오, 이런! 놀라워!'

희한하게 육포는 먹을 만했다. 아니, 너무나 맛있었다.

순간, 경우는 혼란스러웠다.

'어? 왜 이게 맛있지? 내가 정말로 개가 된 건가?'

경우는 볼을 살짝 꼬집었다.

"아얏!"

그제야 경우는 정신이 돌아왔다.

'그래, 나는 경우야. 딸기가 아니야. 개가 아니라고.'

경우는 이게 아닌데, 이게 아닌데 하면서도 계속해서 육포를 먹었다. 씹으면 씹을수록 묘하게도 더 맛있었다.

그러자 채서가 경우의 턱을 만지면서 다정하게 말했다.

"그렇게 맛있어? 아이고, 귀여운 것."

'육포에 중독되면 안 되는데……'

그러나 이미 경우는 육포에 중독된 것 같았다.

"천천히 먹어. 딸기야."

채서 말에 경우는 자기도 모르게 고개를 끄덕였다.

그리고 하마터면 '멍멍!' 짖을 뻔했다.

4. 처음으로 내 이름을 불렀어

한가로운 일요일 오전이었다.

채서는 멍하니 누운 채로 나름 여유를 즐겼다.

딸기가 이리저리 뛰노는 모습이 마치 영화의 한 장면처럼 눈앞에서 어른거렸다.

그때, 휴대폰에서 문자 메시지 소리가 났다.

채서는 잔뜩 기대에 찬 표정으로 혼잣말을 내뱉었다.

"혹시 딸기? 이건 텔레파시야!"

채서는 휴대폰을 확인했다. 기대가 크면 실망도 큰 법!

문자 메시지를 보낸 사람은 경우가 아니고 철주였다.

철주
채서야, 뭐 해? 일요일인데 같이 영화 볼래?

채서
아니. 그냥 쉬려고.

철주
어디 아파?

채서
그건 아니야. 진경이랑 봐라.

철주
흑흑흑. 알써.

채서는 경우가 뭐 하고 있는지 궁금해서 문자 메시지를 보낼까 말까 망설였다. 그러다가 그냥 보내기로 결정했다.

채서
딸기야, 뭐 하니?

경우
그냥 쉬고 있어.

채서
심심.

경우
심심하면 소금 쳐라.

채서
헐! 아재 개그냐? 넌 개 껌이나 먹어.

경우
있어야 먹지.

내가 개 껌 가지고 갈 테니, 놀이터로 나와.

좋아.

채서는 개 껌을 들고 서둘러 놀이터로 갔다.

잠시 후, 경우도 놀이터에 도착했다.

"채서야, 정말로 개 껌 가지고 왔나?"

경우가 채서를 보자 뛰어와서 말했다.

"당연하지. 딸기야."

채서는 가방에서 개 껌을 꺼내 경우에게 내밀었다.

"자. 네가 이것도 좋아했잖아."

"내가 그랬던가? ……좋아."

경우는 개 껌을 입에 물었다. 그런데 아무런 맛이 없었다.

"채서야, 이건 맛이 하나도 없는걸?"

"당연하지. 이건 장난감이야. 내가 던질 테니까 주워올래?"

"아니. 그건 좀 그렇다. 혹시 육포 있어?"

"육포? 어휴, 그건 특별 간식인데……. 너무 자주 먹으면 안 돼."

"그래서 없어?"

"알았어. 줄게."

채서는 가방에서 육포를 꺼냈다.

"와! 육포다!"

경우는 육포를 거의 빼앗듯이 가로채더니 이내 먹기 시작했다. 애견용 육포가 이렇게 중독성이 강한 줄은 꿈에도 몰랐다. 이건 떡볶이보다 훨씬 맛있었다.

"딸기야, 카페 갈래?"

"카페? 우리 아빠 가게?"

"아니, 그 카페 말고."

"그럼, 어디?"

"따라오면 알아. 어서 가자. 네가 좋아할 거야."

채서와 경우가 도착한 곳은 애견 카페였다. 경우는 망치로 얻어맞은 것처럼 머리가 띵했다.

"어휴, 그럼 그렇지."

"왜? 싫어? 친구도 많고 좋잖아?"

"친구? 친구라…….."

여기저기서 강아지들이 멍멍 짖어 댔다.

채서는 강아지를 안아 보려고 다가갔다.

그런데 이상하게도 강아지들이 하나둘 뒤도 물러나더니 흩어졌다. 채서는 맘이 상했다.

"강아지들이 왜 도망가지? 나를 싫어하나?"

"싫어하는 게 아니라, 친해지는 과정이 필요하겠지."

채서가 실망해서 말하자 경우가 위로해 주었다.

잠시 후, 도망갔던 강아지들이 우르르 다가왔다. 채서가 아닌 경우에게로.

경우는 갑작스러운 강아지들의 환대에 그만 당황해서 어쩔 줄 몰라 했다.

"어, 저리 가! 저리 가라니까!"

밀어내면 밀어낼수록 강아지들은 더 달려들었다. 그러고는 경우에게 꼬리 치면서 놀아 달라고 애교를 부렸다.

채서가 피식 웃으며 말을 내뱉었다.

"우리 딸기, 인기 아직 죽지 않았네."

강아지들에게 둘러싸인 채 경우는 고개를 갸웃거리며 생각에 잠겼다.

'이것들이 왜 난리지? 정말 내 안에 개 피가 흐르는 걸까?'

진경이와 철주는 영화 관람을 끝내고 극장 밖으로 나왔다. 그런데 진경이가 잔뜩 짜증을 내며 철주를 마구 때렸다.

"왜 그래? 아파!"

"정말로 내가 창피해서 못 살아."

"창피하긴 뭐가 창피해?"

"영화는 안 보고 잠만 자면 어떻게 해? 그것도 코까지 골면서!"

"나 코 안 골았어."

"어휴, 말을 말자. 너랑 또 영화 보러 오면 내가 사람이 아니다."

"사람이 아니면 너도 개냐?"

그때, 철주의 눈에 채서와 경우가 들어왔다.

"어? 요것들 딱 걸렸다. 야, 임채서!"

철주가 부르는 소리를 듣고 채서가 고개를 돌렸다. 두 눈이 동그래진 채서가 어쩔 줄 몰라 했다.

"야! 임채서. 나랑은 영화 보기 싫다고 해놓고 경우를 만나? 둘이 사귀냐?"

"무슨 소리야. 얘는 딸기야."

채서가 두 손을 휘두르며 대답했다.

경우도 고개를 내저으며 말했다.

"사귀긴 누가 사귀냐? 그런 소리 하지 마라."

철주가 입을 쑥 내밀며 채서와 경우에게 쏘아붙였다.

"둘이서 강하게 부정하는 걸 보니, 사귀는 게 분명해. 강한 부정은 강한 긍정이라고 했어. 요것들이 감히 나를 속여?"

옆에 있던 진경이가 한 마디 거들었다.

"철주야, 왜 그렇게 오버하냐? 채서를 위해 경우가 얼마나 애쓰는데."

"애쓰긴 무슨. 하여간 경우 너, 조심해!"

철주의 공격에 경우도 물러서지 않았다.

"철주 너, 네가 뭔데 그래!"

"이것이! 한판 붙어 볼래!"

철주가 앞으로 나오며 씩씩거렸다.

"붙긴 뭘 붙어? 우리가 자석이냐? 그만하자."

경우가 손을 내저었다.

"뭘 그만해? 자신 있으면 붙어 보시지! 멍멍, 개 주제에 감히 사람한테 까불고 있어."

개라는 소리를 듣자, 경우는 화가 치밀어 빠른 속도로 철주의 멱살을 잡았다. 철주도 얼떨결에 경우의 멱살을 잡았다. 금방이라도 큰 싸움이 날 상황이었다.

"그래, 때릴 테면 때려 봐! 너 오줌 쌀 때 한 발 드냐?"

철주가 빈정거렸다.

"너, 정말 한 대 맞고 싶어?"

경우는 아까보다 더 화가 치밀어 오르는 것 같았다.

"때리라니까!"

경우는 철주를 무섭게 찌려 보며 다시 말했다.

그때, 채서가 있는 힘껏 철주를 밀치며 소리쳤다.

"그만해! 딸기를 왜 괴롭히는 거야!"

철주는 서럽고 서운한 감정이 들었다.

"채서, 너는 왜 나한테만 그래? 왜 나만 미워하냐고? 그래! 경우랑 잘해 봐!"

철주는 고함을 지르더니 어디론가 뛰어갔다.

"야, 철주야! 너 어디 가!"

진경이가 소리쳤지만, 철주는 뒤도 안 돌아보고 뛰어갔다. 단단히 화가 난 모양이었다.

"채서야, 나도 가 볼게. 경우야, 너도 안녕."

진경이가 시무룩해져서 말했다.

"그래, 잘 가. 담에 또 보자."

채서가 인사하자, 진경이는 돌아서서 터벅터벅 걸어갔다.

채서와 경우는 나란히 걸었다.

어디로 가야 할지, 무슨 말을 해야 할지 둘 다 아무 생각도 나지 않았다. 일단은 아무 말 없이 그냥 걸었다.

그런데 그들 앞에 갑자기 철주가 씩씩거리며 다시 나타났다.

"어? 철주야. 너 안 갔어? 왜 여기에……."

채서가 깜짝 놀라서 말끝을 흐렸다.

"왜? 내가 나타나는 게 싫어?"

"그런 게 아니야. 아까 말없이 홱 가 버렸잖아."

"볼 일이 있어서 간 거야. 경우에게 줄 게 있어서."

경우가 고개를 내밀며 반응을 보였다.

"나한테? 나한테 뭘?"

철주는 등 뒤에 가지고 있던 딸기 주스를 앞으로 내밀더니 인정사정 보지 않고 경우에게 쫙 뿌렸다.

"이게 너에게 주는 선물이다!"

철주의 갑작스러운 행동에 경우는 깜짝 놀랐다.

"에취. 에취."

경우가 재채기를 하기 시작했다.

채서는 발을 동동 구르며 어쩔 줄 몰라 했다.

"야, 너 미쳤어? 우리 딸기, 딸기 알레르기 있는 거 몰라?"

"그래, 안다! 아니까 그랬다. 왜? 내가 사라지면 될 거 아냐!"

철주는 뒤돌아서 뛰어갔다.

채서는 휴지를 꺼내 경우 옷에 묻은 딸기 주스를 닦아 줬다.

"이 일을 어쩌면 좋아. 정말로 미쳤어. 철주 그렇게 안 봤는

데……."

"에취. 에취."

경우는 계속해서 재채기를 해 댔다.

"괜찮아? 어떻게 하지?"

"좀 있으면 괜찮아지겠지. 나 먼저 갈게. 가서 씻어야겠다."

경우는 성큼성큼 발을 내디뎠다.

채서가 멀어져 가는 경우에게 소리쳤다.

"미안해. 내가 대신 사과할게. 경우야, 미안해. 경우야, 정말 미

안해."

경우는 발걸음을 멈췄다.

"지금 너 뭐라고 했어?"

"내가 뭘? 미안하다고."

경우는 돌아서서 채서에게 다가왔다.

순간, 채서는 심장이 콩콩콩 빠르게 뛰었다.

"지금 나를 뭐라고 불렀냐고?"

"경우라고 불렀지. 경우."

경우는 채서의 눈을 똑바로 바라보며 말했다.

"채서야, 너 그거 아니? 네가 내 이름을 처음으로 불렀어."

"그, 그래?"

"딸기가 아니고 경우라고 처음으로 불렀다고. 드디어 내 이름을 찾았네. 고마워."

"고맙긴……."

그날 밤, 채서는 쉽사리 잠이 오지 않았다.

채서의 눈앞에 딸기가, 아니 경우가 아른거렸다. 채서는 고개를 내저었지만, 여전히 경우는 사라지지 않았다.

'내가 왜 이러지…….'

채서는 두 눈을 감았다. 그러자 경우가 사라졌다. 채서는 피식 미소 지으며 이불을 뒤집어썼다. 작은 용기 하나가 마음속에 생겨나는 듯했다. 딸기와 작별을 할 수 있는 용기…….

이제는 정말로 딸기를 보낼 수 있을 것 같았다.

5. 웃는 모습은 처음이야

　　철주는 빠른 걸음으로 걸어갔다. 그 뒤를 누군가가 쫓고 있었다.

　　철주를 쫓는 자는 다름 아닌 채서와 진경이었다.

　　철주는 뒤를 힐끔 보더니 더 빠르게 걸어갔다.

　　뒤에서 진경이의 목소리가 송곳처럼 철주의 등 뒤에 꽂혔다.

　　"야, 도철주! 너 어딜 도망가! 죄 졌냐? 거기 서."

　　'내가 죄인도 아니고……'

　　그러고 보니 도망갈 이유가 없다는 생각이 들었다.

철주는 그 자리에 멈췄다.

채서가 엄한 말투로 말했다.

"까불지 말고 따라와."

"내가 왜 너희를 따라가냐?"

"이것이 말을 안 듣네."

진경이가 철주에게 다가오더니 팔로 목을 졸랐다.

"아, 아……아파!"

"입 다물고, 따라오기나 하라고."

"아, 아, 알겠다고!"

철주가 싹싹 빌었다.

셋은 떡볶이 가게로 갔다.

잠시 후, 맛깔스러운 떡볶이가 나왔다. 셋은 하나라도 더 먹으려고 포크질을 열심히 해 댔다.

"와, 정말 맵다. 그런데 맛있다."

"역시 떡볶이가 진리라니까."

"야, 도철주. 채서와 나를 더 이상 피하지 마. 우리 셋은 유치원 때부터 삼총사였잖아. 우리 우정에 금이 가면 안 되잖아."

진경이의 말이 끝나자 채서가 말을 이었다.

"철주야, 내가 너한테 뭐 잘못한 거 있니?"

철주는 작은 목소리로 대답했다.

"아니. 그런 거 없어."

"그렇지? 우리, 우정 변치 말자. 그리고 철주야, 조금 있다가 같이 갈 곳이 있어."

"어디?"

"가 보면 알 거야. 그리고 경우도 올 거야."

"경우?"

"응. 경우가 오는 거 싫어?"

"……아니."

"그래 고마워, 철주야."

"자, 이제 즐겁게 먹자!"

진경이의 말이 끝나기 무섭게 떡볶이 접시에 포크 세 개가 달려들었다.

"야! 하나씩 먹어!"

한목소리로 말을 내뱉고는 깔깔깔 웃었다.

셋이 분식점을 나와서 도착한 곳은 나무가 울창한 숲이었다.

철주가 숨을 헉헉대며 말했다.

"아, 힘들어. 도대체 여기가 어디야?"

"이 정도가 뭐가 힘드냐. 채서야, 조금 더 가야 하니?"

"응."

"진경아, 도대체 우리 어디 가는 거냐?"

진경이가 작은 목소리로 철주에게 말했다.

"애견 수목장에 가는 거야. 딸기가 묻혀 있는 곳."

"아……."

채서는 앞장서서 부지런히 걸었고, 그 뒤로 진경이와 철주가 뒤따라갔다.

십 분쯤 더 걸어갔을 때, 뒤에서 경우의 목소리가 들렸다.

"애들아, 나도 왔어!"

"어, 경우다. 어서 와. 잘 찾아왔네."

진경이가 경우에게 손을 흔들며 반겼다.

"응, 안녕! ……철주야, 너도 안녕."

철주는 채서의 눈치를 보더니 이내 경우의 인사를 받았다.

"안녕."

진경이는 철주와 경우가 인사하는 것을 보더니 한 마디 거들었다.

"역시 사나이들이라 화해도 화끈하네. 그나저나 채서야, 얼마

나 더 가야 해?"

"응, 다 왔어. 저기!"

채서가 손가락으로 가리켰다. 그곳은 애견 수목장이었다.

아이들은 애견 수목장 안으로 부지런히 걸어 들어갔다. 강아지 사진이 걸려 있는 나무가 꽤 많이 눈에 띄었다.

채서가 앞장서서 걸어가더니 큰 나무 아래서 멈췄다. 나무에는 귀여운 강아지 사진이 걸려 있었다. 갈색 털이 복슬복슬하고 깜찍한 얼굴에 눈망울이 매력적인 포메라니안 종이었다.

"딸기?"

경우가 조심스럽게 묻자 채서가 가만히 고개를 끄덕였다.

"이제 딸기를 보내줘야지."

진경이가 철주와 경우를 보며 말했다.

"그래, 보내줘야지."

경우가 고개를 끄덕이며 말했다.

철주도 한 마디 했다.

"이제 경우는 더 이상 개 흉내 내지 않아도 되겠네. 야, 이경우! 사람으로 돌아온 거 축하해."

"그래, 고맙다."

경우가 채서 눈치를 보며 조그맣게 대답했다.

채서가 가방에서 무언가를 꺼냈다. 육포와 개 껌이었다.

채서는 육포와 개 껌을 나무 밑에 놓으며 말했다.

"딸기야, 이거 좋아했지? 많이 먹어."

경우는 육포를 보더니 혀를 날름거리며 입맛을 다셨다. 그러자 철주가 껄껄껄 웃으며 말했다.

"경우 입맛 다신다."

"내가 그랬나?"

경우가 침을 꿀꺽 삼키면서 쑥스러워했다.

그때 채서가 눈물이 글썽글썽해서 아이들을 쳐다보았다.

진경이가 미간을 찌푸리며 철주와 경우에게 말했다.

"지금 장난할 때가 아닌 것 같다. 너희, 조용히 해라."

진경이 말에 분위기가 숙연해졌다.

채서는 딸기 사진을 보며 말했다.

"딸기야, 잘 가. 이제 나도 잘 살게. 너도 하늘에서 잘 살아."

채서가 눈물을 훔치자, 철주와 진경이, 경우도 딸기를 향해 잘 가라며 한 마디씩 했다.

아이들은 다 함께 박수를 치며 그렇게 딸기와 아쉬운 작별을 했다.

채서가 그제야 미소를 지었다.

경우는 가방에서 김밥을 꺼냈다.

"내가 김밥 사 왔는데, 같이 먹자."

철주는 엉덩이를 좌우로 흔들며 신나 했다.

"그렇지 않아도 배고팠는데. 역시 경우는 센스쟁이야."

넷은 옹기종기 모여 앉아 김밥을 나눠 먹었다.

"이거 완전 소풍 온 기분이다. 그렇지?"

"응. 바람도 좋고 나무향도 좋다."

갑자기 진경이가 웃기 시작했다.

"진경아, 왜 웃어?"

아이들이 묻자 진경이가 철주를 쳐다보며 말했다.

"왜 웃긴. 너 때문에 웃는다."

"나? 내가 뭘?"

"철주, 너 기억 안 나? 초등학교 2학년 때, 소풍 가서 바지에 오줌 쌌던 거."

철주는 쥐구멍이라도 찾고 싶었지만, 아무렇지도 않은 듯 말했다.

"그럴 수도 있지 뭘 그래? 그런데 갑자기 왜 그런 이야기를 꺼내? 분위기 깰래?"

채서가 미소를 보이며 거들었다.

"분위기가 어때서? 좋기만 하네. 하여간 철주는 어릴 때부터 재미있었어."

"오줌 싸고 나서 울고불고 난리 쳤잖아. 엄마 찾으면서……."

진경이가 계속해서 철주를 놀렸다.

철주는 진경이를 툭 치며 말했다.

"그만해라. 자꾸 그러면……."

"자꾸 그러면 어쩔 건데?"

"자꾸 그러면……. 또 오줌 싼다."

"아, 더러워. 알았다. 더러워서 안 한다."

진경이가 놀라면서 마구 손사래를 쳤다.

"하하하."

아이들은 한바탕 신나게 웃었다.

채서의 웃는 모습을 보고 경우가 낮은 목소리로 한 마디 했다.

"난 채서가 웃는 모습 처음 본다."

새소리가 들리는 숲속에서 넷은 시간 가는 줄 모르고 이야기꽃을 피웠다. 오후의 시간은 은은한 나무 향처럼 잘 익어갔다.

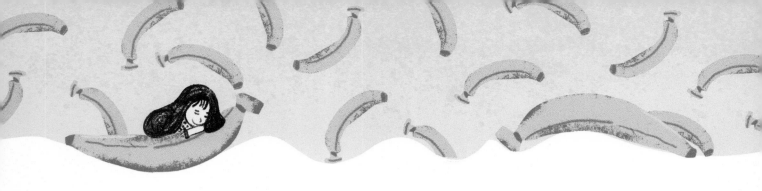

6. 또 새로운 시작

"어, 버스 왔다."

일요일이라 그런지 버스에 사람이 없었다. 경우는 맨 뒷자리로 가서 앉았다.

30분 정도 달렸을까? 버스가 시내를 벗어나 외곽 쪽으로 빠졌다.

창문을 열자 바람이 온몸으로 스며들었다. 버스는 30분을 더 달렸다.

"학생, 종점이야. 내려야지."

기사님의 말에 경우가 인사를 하고 버스에서 내렸다.

"네, 안녕히 가세요."

경우는 곧장 걸어갔다. 이윽고 '하늘 추모관'이라는 큰 간판이 나타났다.

경우는 추모관을 향해 무거운 마음으로 한 걸음 한 걸음 걸어갔다.

경우는 추모관 2층으로 올라가 유골함이 진열되어 있는 안쪽으로 걸어 들어갔다.

이윽고 어느 유골함 앞에 멈추더니, 경우는 한동안 말없이 서 있었다.

경우는 손목에 찬 끈팔찌를 만지며 나지막이 말했다.

"엄마, 나 왔어. 좀 우울하기는 하지만, 그래도 지낼만해. 좋은 친구들이 생겼거든. 아빠도 카페에서 열심히 일하고 있어. 그러니까 너무 걱정하지 마."

경우는 눈물을 참느라고 입술을 꽉 깨물었다. 약한 모습을 엄마에게 보여주고 싶지 않았다.

경우는 엄마의 사진을 물끄러미 바라보다가 다시 말했다.

"엄마, 또 올게. 안녕!"

경우는 엄마와의 짧은 만남을 뒤로하고 자리를 떴다.

정류장에서 앉아 버스를 기다리는데, 채서가 보낸 문자 메시지
가 들어왔다.

채서
경우야, 뭐 해?

경우
지금 일이 좀 있어서.

채서
언제 시간 돼?

경우
3시쯤.

채서
그때 볼까? 어디 같이 좀 가자.

경우
좋아. 놀이터에서 보자.

그런데 예정시간보다 버스가 좀 늦게 도착했다. 제시간에 갈 수 있을지 마음이 초조해졌다.

버스는 열심히 달렸다. 다행히 도로가 밀리지 않아 약속 시간에 맞춰 도착할 수 있었다. 경우가 놀이터로 뛰어가니 채서가 보였다.

"채서야."

"어, 경우야. 어디 다녀온 거야? 무슨 일 있었어?"

"아니."

"아닌 게 아닌 것 같은데?"

"응. 사실은 엄마한테 다녀왔어."

“엄마?”

“하늘나라에 계시거든. 추모관에 다녀왔어.”

“그랬구나……. 몰랐어, 미안.”

“네가 왜 미안해?”

“……괜찮아?”

경우는 자신의 손목에 묶여 있는 끈팔찌를 보이며 대답했다.

“이 끈팔찌, 우리 엄마가 나한테 준 마지막 선물이야.”

“그렇구나……. 딸기도 끈팔찌를 목에 걸고 있었는데…….”

“그런데 나랑 같이 갈 곳이 어디야?”

“어?”

“아까 문자로 그랬잖아. 나랑 같이 갈 데가 있다고.”

“그래, 가자. 그럼 알 수 있어.”

채서와 경우는 나란히 걸었다.

잠시 후, 채서가 강아지를 안고 분식점 앞에 서 있는 아주머니를 보더니 경우에게 말했다.

“저분인가 봐.”

경우는 영문을 몰라 어리둥절한 얼굴을 했다. 채서가 아주머니에게 가까이 가더니 인사를 했다.

"안녕하세요. 저, 임채서입니다."

"아, 그래요? 보세요, 나나예요. 보스턴테리어 종인데, 아주 영리하지요."

경우가 보기에도, 아주머니 말 대로 강아지가 영리하고 생기발랄해 보였다.

아주머니는 안고 있던 강아지를 채서의 품으로 전달했다.

"채서 학생, 잘 부탁해요. 내가 해외로 나가야 해서 나나를 더 이상 돌볼 수가 없군요."

"걱정하지 마세요. 동생처럼 아끼고 사랑할게요."

"고마워요. 우리 나나, 많이 사랑해 주세요."

"네. 그런데 이름이 왜 나나예요?"

"아, 그 얘길 깜박했네. 나나에게 바나나를 주면 절대 안 돼요."

"바나나요? 왜요?"

"바나나 알레르기가 있거든요. 바나나만 먹으면 재채기하고 뒹굴고 난리를 쳐요."

"아, 우리 딸기도 그랬는데……."

"딸기 알레르기가 있어서 딸기였나 봐요."

"네……."

채서와 아주머니는 서로 마주 보며 고개를 끄덕였다.

아주머니는 나나와 작별인사를 했다.

"나나야, 언니랑 행복하게 살아야 해. 알았지?"

아주머니는 나나를 쓰다듬더니 채서에게 잘 부탁한다는 말을 남기고 사라졌다.

채서는 나나의 얼굴에 자신의 얼굴을 비벼댔다.

"나나야, 언니랑 오래오래 행복하게 살자."

경우도 나나를 쓰다듬어 주었다.

"그래. 오래오래 잘 살아라. 채서랑 나나랑."

"멍멍."

나나는 기분이 좋은지 꼬리를 흔들었다.

채서는 학교에서 돌아오면 나나부터 챙겼다.

"나나야, 언니 왔다. 잘 지냈어?"

나나는 방방 뛰며 채서를 반겼다.

"아이고, 귀여워라"

"나나야, 산책 나갈까? 친구들도 부르자. 좋지?"

"멍멍!"

나나는 채서 말을 알아듣고 멍멍 짖으면서 난리를 쳤다.

놀이터에 채서, 진경, 철주, 경우가 다 모였다. 이제 사총사가 된 것이다.

"웬 강아지야?"

철주와 진경이가 놀라서 물었다. 채서는 나나를 정식으로 소개했다.

"인사해. 내 동생 나나야."

"정말 귀엽게 생겼다."

철주가 나나에게 달려들더니 얼굴을 비비고 만지고 난리를 쳤다.

"철주야, 너무 그러지 마. 우리 나나, 놀란다."

"놀라긴 뭐가 놀라? 좋아서 꼬리를 마구 흔드는데."

진경이가 비닐봉지에서 무언가를 꺼냈다. 바나나였다.

"오는 길에 샀어. 우리, 바나나 먹자."

진경이가 친구들에게 바나나를 나눠줬다. 그런데 철주가 바나나를 툭 쳐내며 말했다.

"야, 유진경! 바나나 치워!"

"왜?"

"나, 바나나 알레르기 있단 말이야. 보기만 해도……. 에취, 에취."

철주는 갑자기 재채기를 하기 시작했다.

그 모습을 보더니 채서가 하하하 웃기 시작했다.

철주는 눈을 치켜뜨며 채서에게 말했다.

"지금 나는 알레르기 때문에 괴로운데, 넌 웃음이 나오냐?"

"정말로 웃겨서 그래."

"뭐가?"

"우리 나나도 바나나 알레르기가 있거든. 그래서 이름이 나나야."

그러자 경우가 피식 웃으며 철주를 놀렸다.

"철주야, 너 혹시 나나 아니니? 개 아니야?"

경우 말에 아이들은 모두 하하하 웃고 말았다.

살면서 넘어질 때가 종종 있다. 그러면 눈물이 나기도 하고 아프기도 하다. 하지만 넘어진 그 자리가 끝이 아니라 새로운 출발점이라는 사실을 사총사는 알게 되었다. 놀이터 가득 사총사의 웃음소리가 퍼져나갔다.